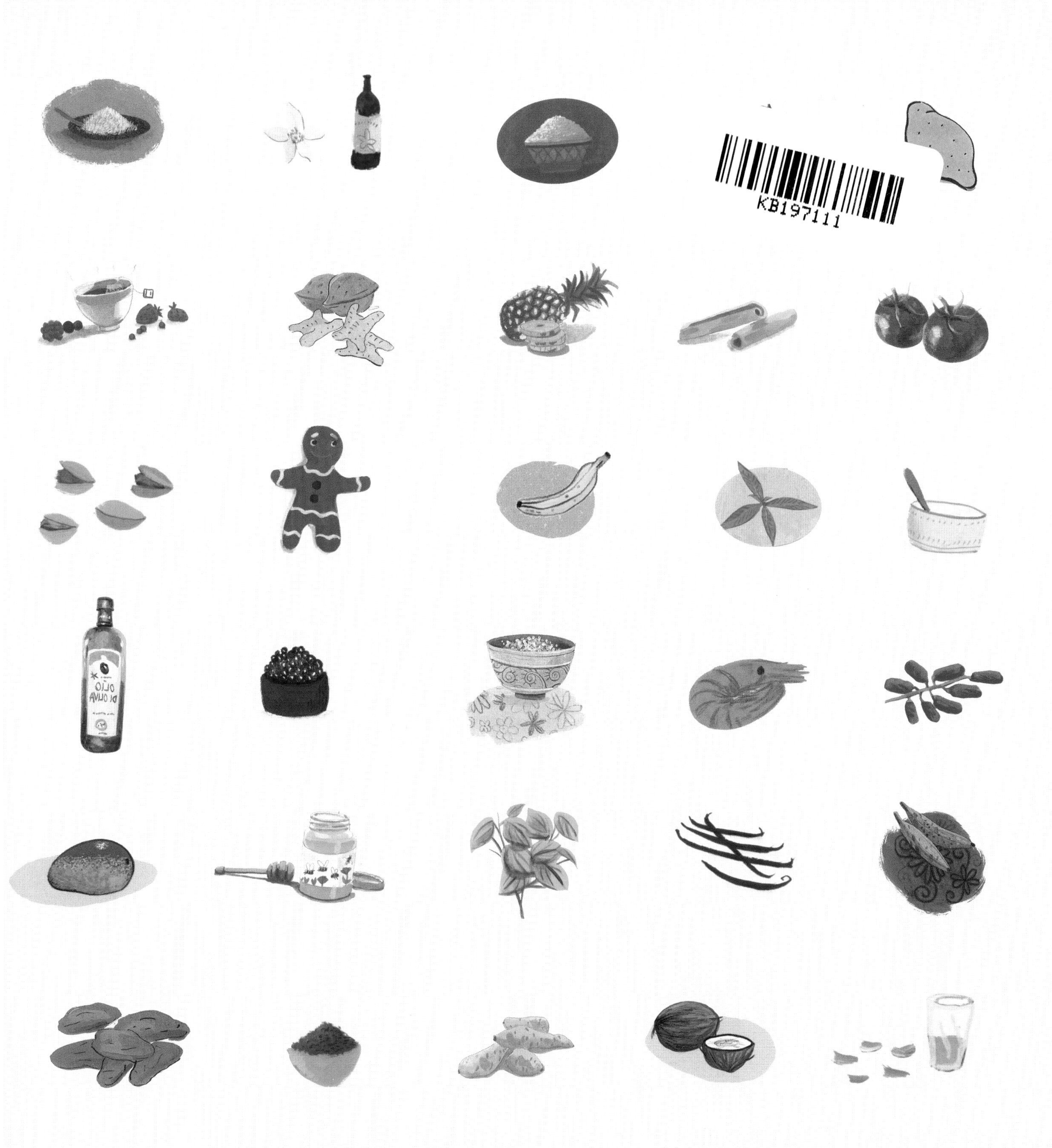
OLIO
DI OLIVA

글 이사벨 펠레그리니
프랑스 남부 도시, 니스에서 태어났어요. 어릴 때부터 책을 좋아했고,
문학과 미술을 공부해 미술관 관리 전문가가 되었어요. 어린이를 위한 재미있는 글도 써요.
지은 책으로는 〈재미있는 시장 이야기〉, 〈호기심 많은 꼬맹이들을 위한 실험〉이 있어요.

그림 프랑스 시장 – **클레르 르 그랑**, 노르웨이 시장 – **엘자 푸키에**, 인도 시장 – **상드라 푸아로 셰리프**,
베트남 시장 – **쥬디트 게피에**, 모로코 시장 – **사라 윌리암슨**, 말리 시장 – **상드라 푸아로 셰리프**,
과테말라 시장 – **샤를린 피카르**, 서인도 제도 시장 – **리오넬 라르슈베크**,
이탈리아 시장 – **야닉 로베르**, 독일 시장 – **샤를린 피카르**, 요리법 소개 – **세실 슈멜**

옮긴이 **이정주**
서울여자대학교와 같은 학교 대학원에서 불어불문학을 공부했어요. 지금은 방송과 출판 분야에서
전문 번역인으로 활동하며 우리나라 어린이와 청소년에게 재미와 감동을 주는 프랑스 책을 직접 찾기도 해요.
옮긴 책으로는 〈천하무적 빅토르〉, 〈넌 빠져!〉, 〈아빠의 인생 사용법〉, 〈강아지 똥 밟은 날〉,
〈혼자 탈 수 있어요〉, 〈심술쟁이 내 동생 싸게 팔아요〉가 있어요.

헬로 프렌즈
세계의 시장(세계 여러 나라의 맛있는 음식 요리법과 함께)

글 이사벨 펠레그리니 | **그림** 클레르 르 그랑 외 8명 | **옮긴이** 이정주
펴낸이 김희수 **펴낸곳** 도서출판 별똥별 **주소** 경기도 화성시 병점1로 218 씨네샤르망 B동 3층
고객 센터 080-201-7887(수신자부담) 031-221-7887 **홈페이지** www.beulddong.com **출판등록** 2009년 2월 4일 제465-2009-00005호
편집 · 디자인 꼬까신 **마케팅** 백나리, 김정희

ISBN 978-89-6383-697-3, 978-89-6383-682-9(세트), 3판
1. 띄어쓰기는 국립국어원에서 펴낸 〈표준국어대사전〉을 기준으로 삼았습니다.
2. 외국 인명, 지명은 국립국어원의 〈외래어 표기 용례집〉을 따랐습니다. 단 저자의 의견에 따라 현지 발음에 가깝게 표기한 것도 있습니다.

세계의 시장

이사벨 펠레그리니 글 | 클레르 르 그랑 외 8명 그림

별똥별

프랑스 남부 도시, 니스에 있는
살레야 광장에는 새벽부터 시장이 열려요.
맨 먼저 꽃 시장이 들어서면서 꽃들이
진열되고 꽃향내가 푸른 바다 냄새와 어우러져요.
농부들은 여러 종류의 채소를 좌판 위에 올려놓아요.
과일, 빵, 과자, 향신료도 종류별로 펼쳐지지요.
해가 뜨면 손님을 부르는 소리, 값을 흥정하는 소리 등으로
살레야 시장이 들썩거려요.

les 4 saisons
la

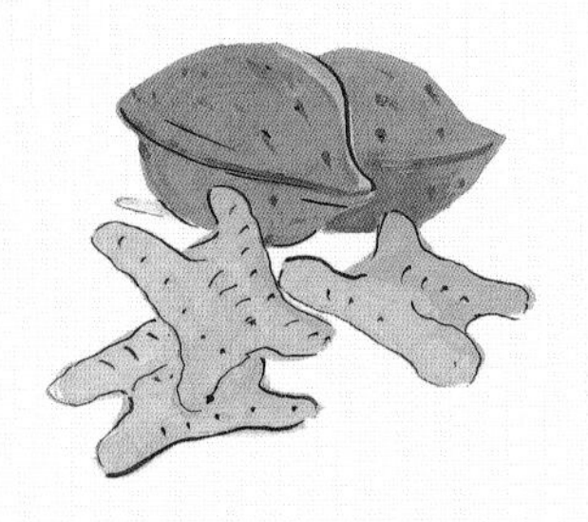

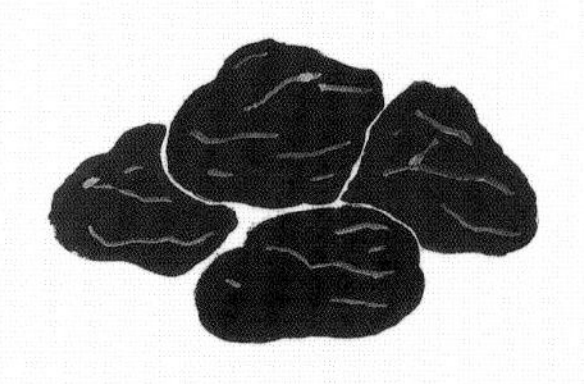

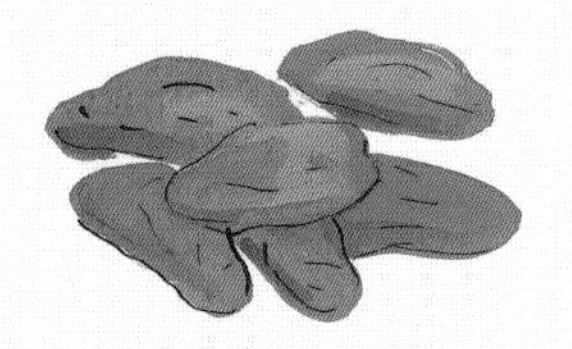

말린 과일에 설탕 옷을 입힌 과자

프랑스 남부에서는 전통적으로 크리스마스이브에 '13가지 디저트'를 먹어요. 그중에 말린 과일에 설탕 옷을 입힌 과자가 있어요. 어떻게 만드는지 알아볼까요?

20분

준비물

- 호두 12개
- 말린 대추 12개
- 말린 자두 12개(혹은 말린 살구)
- 붉은색 아몬드 페이스트 100그램
- 초록색 아몬드 페이스트 100그램
- 색을 넣지 않은 아몬드 페이스트 100그램
- 제빵용 설탕 1컵
- 호두 까는 기구
- 작은 접시
- 칼
- 도마
- 큰 접시

1 아몬드 페이스트를 색깔별로 살구씨 크기만큼 동그랗게 빚어요.

*아몬드 페이스트 만드는 법 : 아몬드 페이스트 300그램이 필요하면, 아몬드 가루 150그램과 설탕 150그램에 달걀흰자 1개를 넣어 반죽해요. 색깔을 넣으려면 식용 색소를 반죽 100그램당 2~3방울씩 넣어요.

❷ 손을 다치지 않게 조심해서 호두를 까요.
말린 대추와 말린 자두는 세로로 반을 잘라
씨를 빼요.

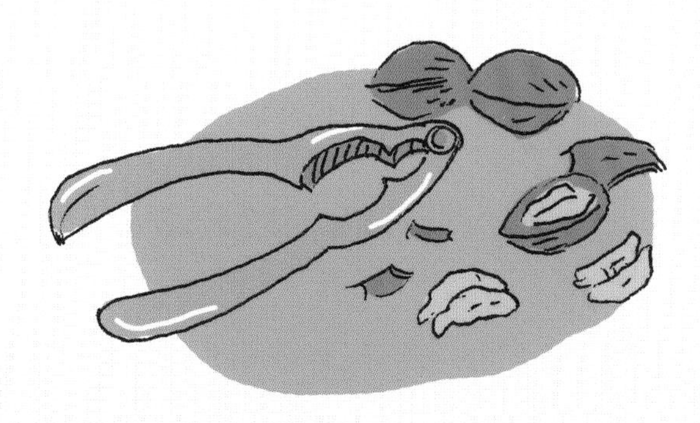

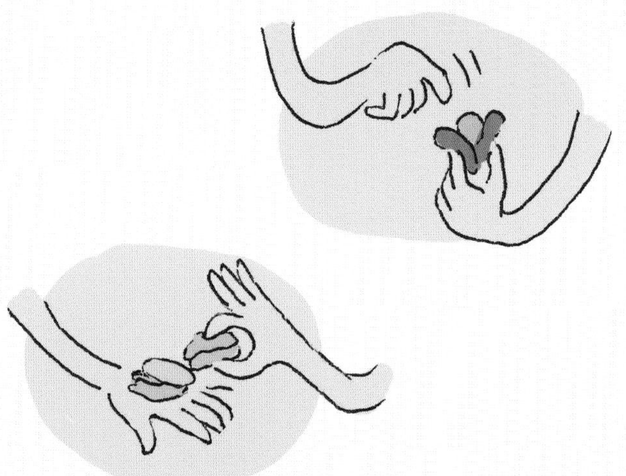

❸ 대추와 자두의 씨를 뺀 자리에 동그랗게 빚은
아몬드 페이스트를 채워요.
속껍질을 벗긴 호두 두 개 사이에 아몬드
페이스트를 샌드위치처럼 넣어서 붙여요.

❹ 작은 접시에 제빵용 설탕을 뿌리고, ❸을
넣어 돌돌 굴려요.

❺ 예쁜 접시에 보기 좋게 담아서 친구들을
초대해 사이좋게 먹지요!

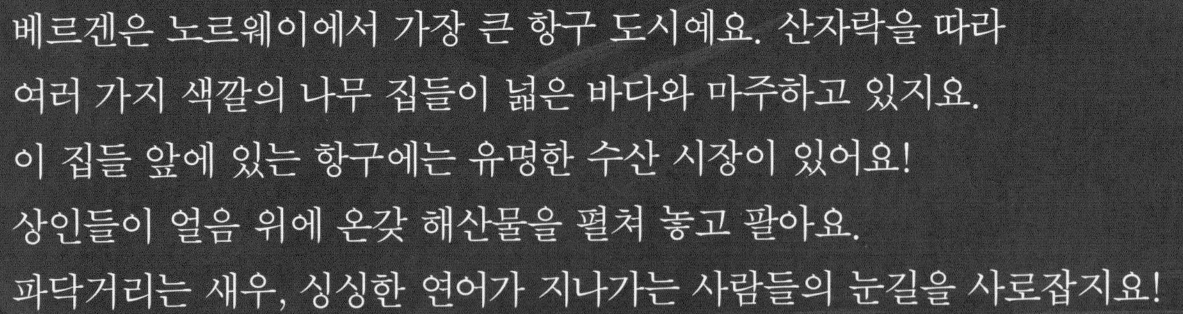

베르겐은 노르웨이에서 가장 큰 항구 도시예요. 산자락을 따라
여러 가지 색깔의 나무 집들이 넓은 바다와 마주하고 있지요.
이 집들 앞에 있는 항구에는 유명한 수산 시장이 있어요!
상인들이 얼음 위에 온갖 해산물을 펼쳐 놓고 팔아요.
파닥거리는 새우, 싱싱한 연어가 지나가는 사람들의 눈길을 사로잡지요!

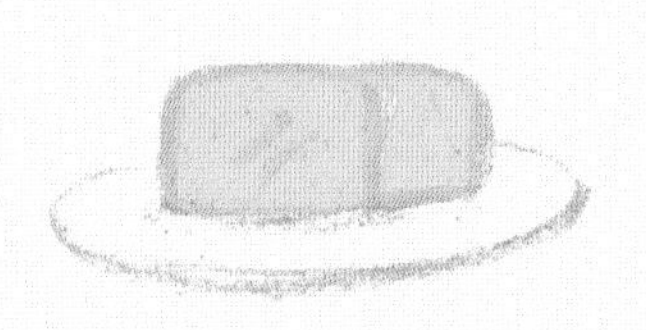

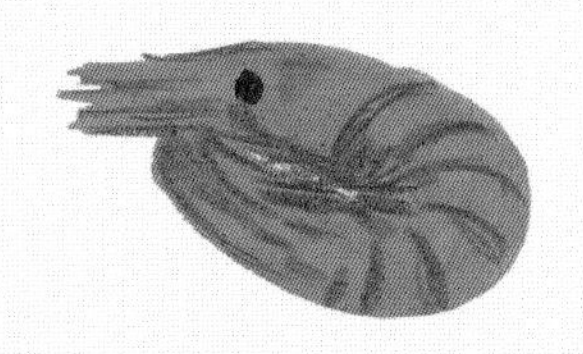

오픈 샌드위치, 스뫼레 브레트

노르웨이에서는 점심에 빵을 덮지 않은 샌드위치를 즐겨 먹었어요. '스뫼레 브레트'라고 부르는 오픈 샌드위치를 어떻게 만드는지 볼까요?

25분

준비물 4인 기준

- 빵
- 버터
- 훈제 연어나 훈제 송어 4장
- 익힌 칵테일 새우 50그램
- 물미거지(꼼칫과의 바닷물고기) 알 작은 통 1개
- 연어 알 작은 통 1개
- 안초비(멸치로 만든 통조림) 약간
- 레몬 1개
- 빵 칼, 버터 칼
- 큰 접시

1 갓 구워 낸 긴 빵을 샌드위치로 만들기 좋게 썰어요. 빵은 되도록 통밀 빵을 써요. 통밀 빵은 조금 거칠고 딱딱하지만, 영양이 풍부하고 샌드위치를 만들기에 좋거든요. 자른 빵에 버터를 발라요.

❷ 훈제 연어나 훈제 송어, 물미거지 알이나 연어 알, 칵테일 새우 등을 골라서 ❶에 얹어요.

해산물 위에 안초비를 얹고 훈제 연어나 훈제 송어, 칵테일 새우에는 레몬을 뿌려요.

❸ 해산물 대신 방울토마토, 삶은 달걀, 햄, 노르웨이 치즈나 소프트 치즈 등을 얹어도 좋아요.

❹ 큰 접시에 보기 좋게 담고 점심때 친구들을 초대해 스뫼레 브레트를 먹지요!

스뫼레 브레트를 맛있게 먹으려면 신선하고 맛있는 재료를 쓰고, 해산물이나 채소 등을 원하는 대로 맘껏 올리면 돼요!

인도의 시장은 미로 같은 복잡한 골목을 따라 쭉 펼쳐져 있어요.
상인들은 향신료, 색 가루와 물감, 과일, 줄줄이 땋은 꽃,
보석과 장신구, 사리를 산처럼 쌓아 놓고 팔아요.
터번을 쓴 남자, 사리를 입은 여자, 맨발로 뛰노는
아이 들이 색과 향기의 장터를 오가죠.

Khajuraho
Modhera
MADHYA PRADESH
Ahmedabad
Ujjain
Jabalpur
Lucknow
SUPER

장미 향이 가득한 로즈 라씨

라씨는 인도 사람들이 즐겨 마시는 전통 음료예요. 주로 식사할 때, 카레의 매운맛을 진정시키기 위해서 마시지요.
라씨 종류로는 플레인 라씨, 망고 라씨, 바나나 라씨, 민트 라씨, 로즈 라씨 등이 있어요. 라씨를 어떻게 만드는지 볼까요?

20분

준비물 4인 기준

- 아주 차가운 요구르트 2컵
- 설탕 6큰 술
- 얼음물 1컵
- 오렌지 꽃술 1큰 술
- 장미수 1~2큰 술
- 소두구(향신료) 가루
- 잘게 썬 피스타치오
- 젓개
- 믹서
- 큰 숟가락
- 금속 잔
- 큰 그릇

1 큰 그릇에 요구르트를 붓고 요구르트가 묽어질 때까지 젓개로 잘 저어요. 얼음물과 설탕을 넣은 뒤 설탕이 녹을 때까지 젓개로 계속 저어요.

❷ 설탕이 녹으면 ❶에 거품이 생길 때까지 젓개(혹은 믹서)로 세차게 더 저어요.

❸ ❷에 오렌지 꽃술과 장미수를 넣어요.

❹ ❸을 예쁜 금속 잔에 붓고, 소두구 가루와 잘게 썬 피스타치오를 라씨 위에 솔솔 뿌려요. 라씨는 차게 마셔야 맛있어요!

좀 더 달콤한 라씨를 마시고 싶으면, 설탕 대신에 장미 시럽을 넣어요. 라씨에 색깔을 내고 싶으면 식용 색소를 넣으면 돼요!

꼭두새벽부터 베트남의 메콩 강을 따라 수상 시장이 열렸어요.
곳곳에서 몰려든 상인들이 나룻배에 쌀, 과일, 생새우를 싣고
둥둥 떠다니지요. 상인들은 손님들이 물건을 고를 수 있도록
기다란 장대에 물건을 걸어 놓기도 해요. 해 질 녘이 되면,
뱃머리에 등이 켜지고 수천 개의 불빛이 메콩 강을 흔들흔들 비춰요!

베트남의 타피오카 코코넛 밀크

베트남 요리는 아주 맛있고 다양해요. 음식 종류가 5백 가지도 넘지요! 디저트 요리에 자주 쓰이는 재료인 타피오카로 무엇을 만드는지 볼까요?

35분

준비물 4인 기준

- 타피오카(카사바 뿌리에서 채취한 전분으로 둥근 젤리처럼 생겼음) 200그램
- 우유 1/2컵
- 코코넛유 1/2컵
- 바나나 2개
- 굵은 설탕 100그램
- 코코넛 가루
- 코코넛 시럽(선택)
- 냄비
- 칼
- 도마
- 커다란 그릇
- 베트남 숟가락

1 냄비에 우유를 넣고, 중간 불로 데워요. 팔팔 끓이면 안 돼요! 적당히 데운 우유에 타피오카를 넣고, 코코넛유를 살짝 넣어요!

② 타피오카가 투명해질 때까지 익혀요.
타피오카가 걸쭉해지지 않게 물을 조금씩 넣어 가며 익히는 게 좋아요.

타피오카를 익히는 동안, 바나나를 먹기 좋게 썰어요.

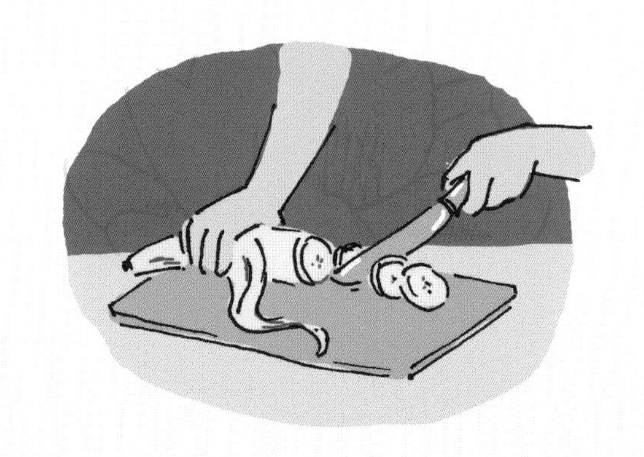

③ ❷에 굵은 설탕과 바나나 썬 것을 넣고 중간 불에서 10분 동안 끓여요.
좀 더 달콤한 향을 내고 싶으면, 다 끓었을 때 코코넛 시럽을 약간 넣으면 돼요.

④ 자, 베트남 타피오카 코코넛 밀크가 완성되었어요! 예쁜 베트남 그릇에 담아서 코코넛 가루를 솔솔 뿌리고, 베트남 숟가락으로 떠먹으면 정말 맛있어요!

뜨거운 햇살이 내리쬐는 아프리카 모로코의 시장에는 양파, 수박,
초록색 피망, 굵은 밀가루가 수북하게 쌓인 좌판이 펼쳐져요.
포도, 무화과, 아몬드, 대추가 든 커다란 통도 곳곳에 있지요.
질그릇, 가죽신, 부드러운 천을 파는 노점도 있어요.
사람들이 구경하면서 값을 흥정하고 물건을 사는 동안
그늘 아래 매여 있는 당나귀들은 주인이 돌아오기를 기다리죠.

달콤한 쿠스쿠스

달콤한 쿠스쿠스는 모로코의 전통 음식이에요. 어떻게 만드는지 볼까요?

35분

준비물 6인 기준

- 굵은 밀가루 6컵
- 물 6컵
- 말린 대추 150그램
- 건포도 150그램
- 제빵용 설탕 75그램
- 계피 가루 1큰 술
- 오렌지 꽃술 1/4컵
- 버터 25그램
- 칼, 도마
- 냄비 2개
- 큰 그릇 2개
- 체
- 포크
- 오목한 큰 접시
- 물병
- 민트 잎

1 물병에 물을 붓고, 깨끗이 씻은 민트 잎을 띄워서 냉장고에 넣어요.
말린 대추는 반으로 잘라 씨를 빼요.

2 말린 대추와 건포도를 냄비에 넣고, 오렌지 꽃술을 넣어요.

3 냄비를 아주 약한 불에 데워요. 오렌지 꽃술이 사르르 떨릴 정도로 끓으면 불을 꺼요. 말린 대추와 건포도를 10분 동안 두어서 불려요. 오렌지 향이 잘 배었으면 말린 대추와 건포도를 건져서 큰 그릇에 담아요.

4 냄비에 물 6컵을 넣고 끓여요. 물이 끓는 동안, 굵은 밀가루를 큰 그릇에 담아요. 물이 다 끓었으면 큰 그릇에 부어요. 잠시 놔두면 굵은 밀가루가 불을 거예요.

5 물에 불린 굵은 밀가루에 오렌지 꽃술을 뿌리고 버터를 넣어서 포크로 잘 저어요.

6 ❺를 오목한 큰 접시에 산처럼 수북하게 담아요. 산자락에는 말린 과일을 빙 둘러서 담고, 산꼭대기에는 제빵용 설탕과 계피 가루를 솔솔 뿌려요. 계피 눈이 쌓인 것처럼요!

시원한 민트 물 한 잔과 함께 먹는 달콤한 쿠스쿠스! 지중해의 이국적인 맛이지요!

서아프리카 말리의 유서 깊은 도시, 젠네에 장이 서는 날이에요.
젠네 모스크(이슬람 사원) 앞 광장에 여러 부족이 말린 생선,
'밀가루 나무'라고 불리는 네레 나무에서 추출한 가루,
곡물 가루, 조, 쌀, 면을 카누에 잔뜩 싣고 와요.

어부들인 보조 족은 물고기를, 푸른색 전통 옷을 입은 투아레그 족은 사하라 사막의 소금을, 커다란 금귀고리를 한 풀라니 족의 여자들은 머리에 이고 온 염소젖을 팔아요.

포니오 데구에

포니오는 아프리카에서 나는 곡물의 한 가지예요. 아프리카식 달콤한 요구르트인 데구에는 주로 아침 식사로 먹지만, 디저트나 간식으로도 먹어요. 포니오 데구에를 어떻게 만드는지 볼까요?

30분

준비물 4인 기준

- 포니오 가루 4컵
- 물 4컵
- 요구르트 250그램
- 버터 25그램
- 꿀 75그램
- 바닐라 엑기스 1작은 술
- 오렌지 꽃술 3큰 술
- 소금 약간
- 건포도 100그램
- 큰 냄비
- 큰 그릇 2개
- 나무 주걱
- 나무 그릇

1 냄비에 물을 끓여요. 물이 끓는 동안 포니오 가루, 버터, 건포도, 오렌지 꽃술을 차례대로 큰 그릇에 넣어요.

2 끓인 물을 포니오 가루에 부어서 잘 섞어요. 포니오 가루가 불게 잠시 놔두고 식혀요.

3 다른 큰 그릇에 요구르트를 붓고, 꿀과 바닐라 엑기스를 넣어요. 요구르트가 묽어질 때까지 나무 주걱으로 계속 저어요.

4 단맛이 충분히 나는지 ❸을 맛봐요. 단맛을 더 내고 싶으면, 꿀을 더 넣어요. 불린 포니오 가루에 ❸을 부어서 잘 섞고 냉장고에 30분간 넣어서 차게 해요.

5 시원한 포니오 데구에를 나무 그릇에 담아서 먹으면 정말 맛있대요.

마야 문명의 중심지였던 과테말라의 화산 자락과 아티틀란 호수가 만나는
산티아고에도 장이 열려요. 줄무늬 반바지와 꽃과 새를 수놓은
화려한 윗옷을 입은 원주민들이 좌판에 전통 옷을 펼쳐 놓고 팔아요.
다른 한쪽에서는 큰 통에 토마토, 양배추, 당근, 고구마를 가득 담아 놓고 팔죠.

CAFETERIA

신선한 파인애플과 고구마 퓨레

고구마의 원산지는 남아메리카예요. 과테말라 사람들은 고구마를 쪄서 식사나 디저트로 먹어요. 고구마 퓨레를 어떻게 만드는지 살펴볼까요?

40분

준비물 4인 기준

- 고구마 1킬로그램
- 제빵용 설탕 2큰 술
- 계피 가루 1작은 술
- 싱싱한 파인애플
- 칼
- 도마
- 냄비
- 큰 그릇
- 작은 잔이나 작은 그릇
- 믹서

1 고구마는 깨끗이 씻고, 껍질을 벗겨서 주사위 크기로 잘라요. 파인애플도 껍질을 벗겨서 둥글고 납작하게 잘라요.

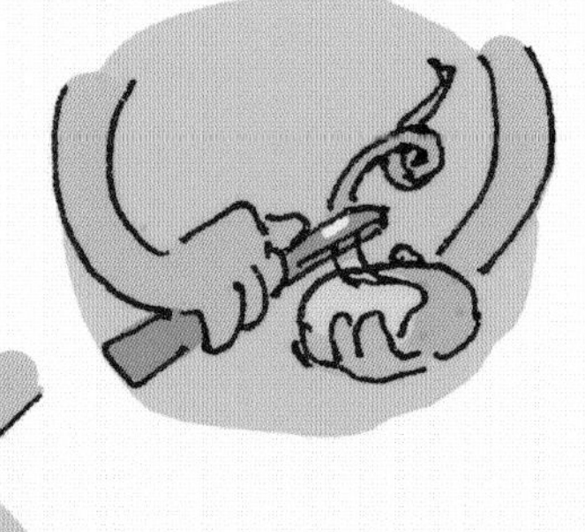

2 냄비에 고구마를 넣고, 고구마가 잠길 정도로 물을 붓고 익혀요.
물이 끓으면 제빵용 설탕, 계피 가루, 파인애플을 넣고 고구마가 푹 익을 때까지 20분 정도 더 삶아요.
나중에 장식할 파인애플은 남겨 두어야 해요.

3 ❷에서 파인애플을 먼저 건져 내 믹서에 갈고, 고구마와 남은 물도 갈아서 파인애플과 다시 섞어요.

4 ❸을 예쁜 잔에 담고 ❷에서 남긴 파인애플 조각으로 장식해요. 과테말라 음악을 들으면서 고구마 퓨레를 먹으면 마야의 달콤한 맛을 즐길 수 있대요.

DEDE
서인도 제도에 있는 세인트루시아 섬에서는 새벽부터 무명천을
머리에 두른 서인도 제도 여자들이 파라솔을 펴고 좌판을 깔아요.
여러 종류의 열대과일과 바닐라, 피망, 후추, 생강 등을 팔지요.

orange
Poivre
PANi Pwoblem! ... BAR

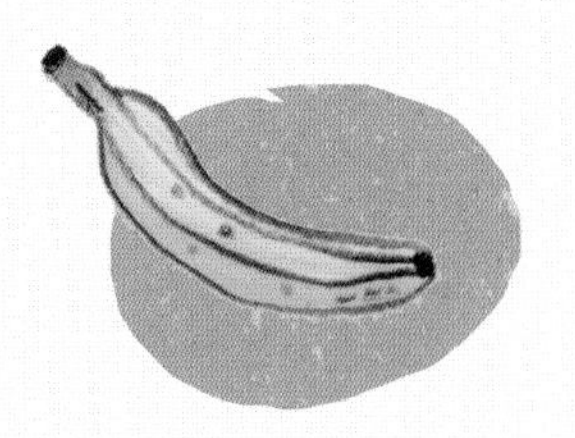

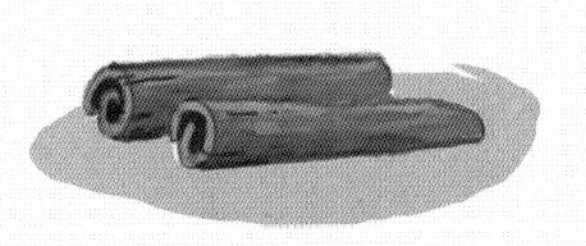

서인도 제도의 스무디

스무디는 과일을 갈아서 얼린 음료수로, 만드는 방법이 여러 가지예요. 그중에 카리브 해 서인도 제도의 달콤한 향이 듬뿍 담긴 시원한 음료를 만들어 볼까요?

20분

준 비 물 4인 기준

- 망고 2개
- 바나나 2개
- 계피 가루 1/2작은 술
- 바닐라 엑기스 1작은 술
- 코코넛유 1/2컵
- 코코넛 가루
- 얼음 4조각
- 믹서
- 커다란 그릇
- 큰 나무 주걱
- 큰 유리잔

1 망고와 바나나는 껍질을 벗기고 잘게 썰어요.

❷ 큰 그릇에 망고와 바나나 썬 것을 넣고, 계피 가루, 바닐라 엑기스, 차가운 코코넛유와 얼음 조각을 넣어요.

❸ 큰 나무 주걱으로 잘 섞고, 믹서에 곱게 갈아요. 시끄러워도 조금만 참아요.

❹ 큰 유리잔에 ❸을 붓고 코코넛 가루를 솔솔 뿌리면 드디어 완성!

서인도 제도의 흥겨운 음악을 들으면서 시원한 스무디를 마시면 더위도 싹 가시고, 기분도 좋아질 거예요!

로마의 캄포 데이 피오리 광장은 일요일과 공휴일을 빼고는
아침마다 맛있는 맛과 향이 가득한 장이 서요.
이탈리아 만두인 라비올리, 말린 토마토, 가지, 피망, 과일,
치즈, 커피 등을 팔지요. 예쁜 꽃, 나무 인형, 커피포트도 있어요.
광장 주위에는 달콤한 케이크로 사람들의 눈길을 끄는 빵집과
밖에서 음식을 먹을 수 있게 꾸민 레스토랑이 있어요.

RISTOR
CAFF

카프레제 샐러드

카프리 섬에서 이름을 딴 카프레제 샐러드의 맛은 얼마나 신선한 재료를 쓰느냐에 달렸어요! 어떻게 만드는지 볼까요?

20분

준 비 물 4인 기준

- 모차렐라 치즈 1킬로그램
- 잘 익은 토마토 1킬로그램
- 생 바질
- 올리브유
- 소금
- 칼
- 도마
- 큰 접시

바질은 싱싱하고, 올리브유는 향이 좋고, 토마토는 통통한 걸로 골라 써야 해요. 특히 모차렐라 치즈는 이탈리아 물소 젖으로 만든 '부팔라'가 제일 고소해요!

1 모차렐라 치즈, 토마토를 비슷한 두께로 썰어요. 바질은 잎 꼭지를 잘라 내요.

2 큰 접시에 모차렐라 치즈, 바질 잎, 토마토를
순서대로 차곡차곡 담아요. 접시에 다 찰 때까지요.

3 잘게 썬 바질 잎, 약간의 소금, 올리브유를
잘 섞어서 살살 뿌려요.

4 햇살 좋은 여름날, 친구들과 이탈리아
색깔(초록, 하양, 빨강이 이탈리아의 국기
색깔이에요!)의 샐러드를 먹으면 정말
맛있대요.

독일의 아름다운 도시, 몬샤우에서는 겨울이 되면 크리스마스트리를
중심으로 크리스마스 장이 서요.
버터로 만든 과자 사블레, 크리스마스 장식용 과자, 맛있는 빵, 군밤 등을 팔지요.
시장에서 아기자기한 장신구, 양초, 나무로 만든 장난감 들을 보면
마음이 따뜻해지고 눈이 즐거워져요.

MARONEN

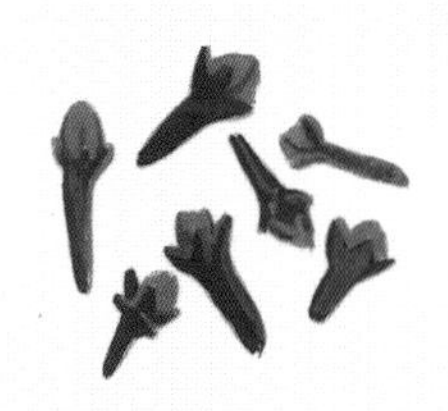

크리스마스 티

북유럽 사람들이 추운 겨울에 마시는 따뜻한 포도주에서 영향을 받아 생긴 크리스마스 티는 아이나 어른 모두 마실 수 있는 차예요! 어떻게 만드는지 볼까요?

20분

준비물 4인 기준

- 물 500밀리리터
- 사과 주스 500밀리리터
- 붉은 과일 차 1봉지
- 정향(향료) 2개
- 레몬 1개
- 오렌지 1개
- 꿀 3큰 술
- 계피 2개
- 바닐라콩 1개
- 큰 냄비
- 강판
- 큰 나무 주걱
- 칼
- 도마
- 물병, 차 걸러 내는 기구
- 찻잔

1 큰 냄비에 물을 끓여요.

2 끓인 물에 붉은 과일 차 1봉지를 넣고 6~7분간 우려요.

3 차를 우리는 동안, 오렌지와 레몬을 미지근한 물에 씻고, 오렌지를 그림처럼 썰어요.

레몬을 강판에 갈아요. 흰 속살은 쓴맛이 나니까 속살까지 갈리지 않게 조심해요.

4 ❷에 사과 주스, 계피, 바닐라콩, 정향, 레몬 껍질, 오렌지 조각, 꿀을 넣어요.

5 ❹를 약한 불에 10분 동안 끓여요.

6 ❺를 차 걸러 내는 기구에 거른 뒤, 맑은 차를 물병이나 찻잔에 담아요.

자, 크리스마스 티가 완성되었어요! 생강 과자, 바닐라 킵펠(초승달 모양의 바닐라 과자) 등의 과자를 곁들여서 마시면 즐거운 크리스마스가 되겠죠?

OLIO
DI OLIVA